AF620753

7130

INVENTAIRE
Y² 63.169

ROBERT MACAIRE

ET

SON AMI BERTRAND,

CONTENANT

les vicissitudes de la vie de ces deux inséparables dans toutes les conditions où ils ont été placés par le sort, les nécessités sociales et leurs inclinations particulières, l'application des principes à la mode et des systèmes en faveur,

SUIVIES D'UN CHAPITRE DES MÉMOIRES OUTRE TOMBE DE CES DEUX CÉLÈBRES CONTEMPORAINS.

JD

CHEZ LES MARCHANDS DE NOUVEAUTÉS.

ROBERT MACAIRE

ET

SON AMI BERTRAND.

46305

63169

Paris. — Imprimerie de P. BAUDOUIN,
Rue Mignon, 2.

ROBERT MACAIRE

ET

SON AMI BERTRAND,

CONTENANT

Les vicissitudes de la vie de ces deux inséparables dans toutes les conditions où ils ont été placés par le sort, les nécessités sociales et leurs inclinations particulières;

l'application

DES PRINCIPES A LA MODE ET DES SYSTÈMES EN FAVEUR;

suivies d'un chapitre

DES MÉMOIRES OUTRE TOMBE

de ces deux célèbres contemporains.

PARIS.

CHEZ LES MARCHANDS DE NOUVEAUTÉS.

1839.

ROBERT MACAIRE

AU PUBLIC.

Respectable Public, voici mon dernier chef-d'œuvre ; je vous l'offre de la première main ; avalez-moi ça tout chaud : c'est excellent pour toutes sortes de choses, je vous en donne ma parole d'honneur ! Si je n'en ai pas entrepris la publication par actions, c'est que la commandite ne vole plus que d'une aile, et j'en suis fâché, car c'était une excellente fille, pas bégueule du tout ; mais elle s'est gâtée la main en opérant sur le vulgaire. Et pourtant, avec quelle dextérité elle vous maniait l'action, le coupon, le talon, le pantalon ! Mon honorable ami, monsieur Gogo, peut vous en dire quelque chose, le gaillard! C'est-à-dire qu'il pourrait vous en dire quelque chose; mais il ne vous en dira rien, parce que cet homme estimable a l'excellente habitude de ne rien dire et de n'en pas penser davantage.

Donc, à défaut de l'action, coupon, talon et pantalon, je me suis jeté à corps perdu dans le pittoresque; ce qui est encore une admirable invention, au moyen de laquelle les vingt feuilles d'un volume de trente sous se vendent cinquante centimes chacune, afin de mettre les lumières à la portée de toutes les bourses. C'est un avantage dans le genre des dividendes antichipés, dont je vous ai gratifié naguère, Public infiniment estimable, avec le concours de mon très honorable ami Bertrand. Lisez, petits et grands ! ceci est l'histoire de ma vie, le narré des vicissitudes qui attendent, sur cette terre, l'homme de génie qui, ayant le malheur de ne pas être absolument millionnaire, travaille à rétablir l'équilibre. Vous trouverez dans ce récit de grands enseignemens, quelques bons avis et d'excellentes recettes pour jouir de toutes les douceurs de la vie, sans délier les cordons de votre bouse. Lisez, et, sans vous arrêter plus long-temps aux bagatelles de la porte, tournez le feuillet.

NAISSANCE DE ROBERT MACAIRE.

— Il est certain que je pourrais me dire issu en ligne directe de Jules-César ou de Gengis-Kan ; mais l'amour de la vérité étant la passion des cœurs bien nés, j'avouerai tout simplement que je suis l'un des petits-neveux de ce fameux Christophe Colomb qui découvrit tant de pays inconnus, et auquel il n'a manqué que la découverte du gaz comprimé pour faire un trou dans la lune ; mais ce qui lui manquait, à ce grand homme, n'a pas manqué à ses descendans, et je puis me vanter d'avoir prouvé cela jusqu'à l'évidence.

— Mais, direz-vous, ton berceau ne nous semble pas, au premier aspect, tissu d'or et de soie.

— Cela est possible ; mais je me permettrai de vous faire remarquer que tous les goûts sont dans la nature. D'abord, l'or est une chimère ; c'est une blague que mon ami Bertrand est parvenu à faire passer pour une vérité incontestable ; quant à la soie, je ne vois pas quel est le mérite de ce produit animal, purement animal, surtout depuis que j'ai eu l'avantage d'inventer la soie végétale, qui paraît destinée à opérer une révolution industrielle. Enfin mon berceau est de paille de même que celui du fils de Dieu ; et savez-vous pourquoi ? C'est que, si Jésus est le sauveur des hommes, je suis le sauveur des choses, et sans les choses, que sont les hommes, je vous prie ?

ROBERT MACAIRE ENFANT.

—Dis donc, Bertrand, voilà madame Pénichet que son chien promène en lesse! Ah! c'te balle !... Bonjour, madame!...

— La taquine donc pas ; si all' allait nous lâcher sa bête !

— Bertrand, tu me fais l'effet d'un serin ; j'vas lui tirer la queue...

— A la vieille?

— A son chien, bêta.

— Va t'y faire mordre.

— Dites donc, m'ame Pénichet, voilà Bertrand qui dit comme çà que vot' chien mord par la queue?

— Ah! polissons, si je vous attrape, vous me le paierez!...

— Prenez donc garde, m'ame Pénichet, vot' nez qui cherche dispute à vot' menton.

— Azor! ici, Azor!... Voulez-vous bien vous taire!... Azor! Azor!... Les scélérats sont capables de lui donner des convulsions... Ah! bandits, vous périrez sur l'échafaud.

— Ça m'est inférieur; en attendant, vot' cabot ne mangera pas nos tartines.

ROBERT MACAIRE GAMIN.

— Est-il étonnant, ce curé de pacotille ! y met le chantre et le bedeau à mes trousses sous prétexte que j'ai vendu les jaquettes de l'Enfant-Jésus pour acheter de la galette... Curé, en voilà de la musique... Avec un corps de rechange au flageolet !... Excusez ! faudrait peut-être mourir de faim pour faire plaisir à ce moutard en plâtre ! En voilà une d'idée..... D'ailleurs, c'est pas, vrai j'ai pas mangé la jaquette, j'l'ai bue; c'que j'ai mangé, c'est le tronc... Plus qu'ça de calembourg!... c'est le tronc de la Vierge qui l'a payé... En voilà une brave femme! on lui demanderait sa dernière chemise, qu'elle ne dirait jamais non... Curé, je respecte ta bonne Vierge; quant à toi et tes rats d'église, v'là ce qu'on vous dit!...

ROBERT MACAIRE FASHIONABLE.

— Ma foi, vogue la galère ! Quand on est taillé comme moi, on doit ouvrir les cœurs et les portes avec une égale facilité. Habit Humann, bottes Sakoski, canne à pomme d'or ! Et avec cela une tournure un peu ficelée, la jambe bien faite, le front haut, l'œil en coulisse... Ah ! scélérat de Robert, que de victimes tu vas faire! Que de petits cœurs tu mettras à la brochette !...

> Gentille Annette,
> Sous la coudrette...

Vive la romance et le rossignol ! ce sont deux instrumens véritablement inestimables... quand l'oreille n'est pas trop dure ou la serrure trop solide. C'est décidé, je me lance dans les aventures amoureuses!... je vole de conquête en conquête... jusqu'à ce que je m'arrête dans les filets dorés de quelque riche héritière... alors je palpe la dot; je me jette à corps perdu dans la spéculation ; je fabrique des actions à la vapeur... Je me fais roi, empereur, Dieu... C'est-à-dire, non; je reste Robert Macaire, et je me contente d'être le plus grand génie de l'époque... C'est étonnant comme un habit bien fait donne de l'esprit !

ROBERT MACAIRE AMOUREUX.

— Mon enfant, dit monsieur de Lagripardière à sa fille, je te présente mon jeune et honorable ami, monsieur de Robert Macaire, l'un de nos économistes les plus distingués; c'est lui qui a inventé la graine du chou colossal et qui a apporté au caoutchouc des modifications telles, que l'on en peut faire maintenant des lames de rasoir, des députés du centre ou des chevaux de cabriolets...

— Ah ! beau-père ! beau-père ! vous me flattez !...

— Je ne dis que la vérité, mon cher gendre ; que serait-ce donc si je parlais de votre méthode incomparable pour l'éducation des carpes, et sur votre belle découverte au moyen de laquelle il suffit de semer des navets pour récolter des haricots de mouton cuits à point !... Mon enfant, croyez ma vieille expérience, M. de Robert Macaire sera un excellent mari.

— Prenez donc garde, beau-père, vous mettez les bouchées trop fortes.

— Soyez donc tranquille, mon ami, je connais la petite personne comme si je l'avais faite !... D'ailleurs, ça ne vous coûtera pas cher : je ne vous demande que la moitié de la dot que doit lui donner son parrain... une misère... trois millions cinq cent mille francs.

— C'est trop fort! beau-père ; vous êtes un vieux blagueur !

ROBERT MACAIRE EN TÊTE-A-TÊTE.

— Charmante Lodoïska, il paraît que monsieur votre parrain est un riche capitaliste?

— Dam ! un capitaine de hussards !

— Ah ! c'est un capitaine qui vous a promis,..

— Non, c'est le colonel qui m'avait

dit... Mais les militaires, c'est menteur comme tout.

— Oh! vous les jugez bien sévèrement...Permettez que je baise cette jolie main.

— Tiens, est-ce que vous avez été aussi militaire?

— Adorable enfant ! il est peu d'honorable carrière que je n'aie parcourue.

— Et vous êtes à présent ?

— A vos pieds, ma divine, avec les sentimens que vous méritez, prêt à vous sacrifier...

— Ah ! si vous vouliez seulement me retirer mon châle qui est en plan...

— Votre châle !... ô beauté sans pareille! et vous n'y auriez pas autre chose? Parlez.

— Eh bien ! si cela ne vous contrarie pas, ma montre aussi, ma rivière, mes bracelets.

— Et cela vaut?

—3,000 francs, sur quoi on ne m'a prêté que cent écus.

— Les infâmes! Donnez, donnez-moi vos reconnaissances.

— Homme généreux!... je n'ai plus rien à vous refuser.

—Trois mille francs!..Deux mille sept cents francs de bénéfice, et les intérêts à déduire... Je retirerai le tout... Qu'il est bon de soulager l'infortune! Ah! si le vulgaire savait ce qu'on peut y gagner! Trois cents et quelques francs! bagatelle. (*A part.*) Mais qui me prêtera cette somme? Eh! parbleu. je vends les papiers à mon ami Bernard, et Lodoïska m'oublie ainsi que les objets. Vive l'amour! noble passion des grandes ames! Baise-moi Lodoïska; baise ton bienfaiteur. — Au revoir. — Adieu.

ROBERT MACAIRE DENTISTE.

— Monsieur, est-il vrai que vous enlevez les dents sans douleur ?

— Monsieur, c'est un talent que moi et mon honorable élève, monsieur Bertrand, que j'ai l'honneur de vous présenter, nous nous flattons de posséder réciproquement.

— Et cela ne fait pas le moindre mal?

— Non, mon cher monsieur; il en est de ce procédé comme de toutes les choses excellentes; quand on en use, cela ne fait de mal qu'à la bourse.

— Oh ! je ne disputerai pas sur le prix ; mais c'est qu'il s'agit d'une mâchelière qui a l'air de tenir singulièrement à rester où elle est.

— Nous connaissons cela, mon cher monsieur, et cela nous connaît... C'est ainsi que le grand scha de Perse...

— Comment, vous arrachez aussi les dents aux chats?

— Erreur de langue, monsieur, ce qui n'est pas étonnant, à propos de mâchoires ; en persan, scha signifie empereur... J'ose me vanter d'avoir travaillé sur les têtes couronnées de tous les royaumes connus et inconnus...

— Mais je vous parlais de cette mâchoire qui...

— Très bien ! donnez-vous la peine de vous asseoir, et mon illustre élève va la mettre à la raison en un tour de main.

— Ah !... holà !... miséricorde !...

— Comment, butor, tu n'en as arraché qu'un morceau ?

— Ma foi, elle tient comme les cinq cents diables !

— Mais, tu n'y as mis qu'une main.

— C'est que j'avais mis l'autre dans sa poche... et cette bourse...

— A la bonne heure ! j'aime autant cette dent-là qu'une autre.

ROBERT MACAIRE, MÉDECIN.

— Et ces imbécilles de la faculté vous disent que vous avez une maladie incurable..... Vous avez donc lu mon prospectus ; un de ces sept cent trente milles exemplaires est donc venu dans vos mains ; oh ! c'est que je fais des frais affreux pour l'humanité; aussi tous les journaux parlent de moi , une foule innombrable d'académiciens s'accordent à faire l'éloge de mon spécifique et de mes talens; j'ai découvert la panacée, ce vrai traitement mercuriel sans mercure , le vrai dépuratif. Vous avez besoin d'être dépuré, je vois ça.

— Comme ça, vous croyez que mon hydropisie...

— Sera emportée.

— Et mon asthme?

— Emporté.

— Et ma goutte ?

— Emportée, goutte à goutte.

— Et les dartres de ma femme?

— Elles ne résisteront pas.

— Et son cancer?

— Nettoyé comme sur ma main.

—Et la phthisie de Lolotte, ma pauvre fille ?

— Guérie, et parfaitement guérie, comme si le feu y avait passé.

— Et la toux de ma levrette ?

— Totalement dissipée.

— Et la mue de mon perroquet ?

— Arrêtée à la minute.

— Ainsi cela est aussi bon pour prévenir la chute des cheveux ?

— Rien n'est meilleur.

— Et pour déterminer la chute des cors ?

— Certainement.

— Et cela coûte ?...

— Je ne le vends pas ; et, par dessus le marché, je donne grâtis ma consultation... Mais adressez-vous, à deux pas d'ici, chez monsieur Bertrand, pharmacien : c'est un père de famille à qui j'ai voulu faire du bien en lui laissant l'exploitation de mon médicament ; il le confectionne à merveille et n'est pas cher; vous ne payez que le verre... (à part), 12 francs, et on vous le reprend pour 30 centimes, trrrrrrente centimes.

ROBERT MACAIRE ANTIQUAIRE.

— Oui, messieurs, c'est après avoir traversé les vastes déserts qui s'étendent depuis le pays d'*El-Goods*, autrement dit Jérusalem, jusqu'aux confins de Dougola, de Darfour et du Cosseyr. C'est après une investigation pénible dans plus de cinq cents sarcorphages antiques; c'est après avoir passé des jours sans repos, des nuits sans sommeil au milieu des fellahs et des nomades arabes, êtres féroces, et tellement démoralisés, qu'ils méditent à chaque instant la perte de ceux à qui ils servent de guides; c'est après avoir affronté la faim, la soif, la chaleur pénétrante des sables brûlans, l'influence funeste du *kamsin*, vent terrible qui prive de la vue; c'est après avoir bravé la mort, et enfin mille autres dangers non moins considérables, que je me suis procuré ces restes précieux.

Vous sentez bien, messieurs, que ces misérables paysans n'eussent pu me servir dans mes recherches, si mes vastes connaissances ne m'eussent merveilleusement servi; mais la science est une clé qui vous ouvre toutes les portes, et même celles des catacombes égyptiennes.

Ce cercueil, messieurs, ainsi que peuvent vous l'indiquer ces caractères phonétiques que vous y remarquez, contient le corps de l'illustre Sésostris... Quel honneur pour la France de posséder les os de ce grand roi !... Dans celui-ci est Aménophis II, connu plus particulièrement sous le nom de Pharaon. Ce fut, messieurs, ce même Pharaon qui périt lors du passage de la mer Rouge par les Hébreux. Ici, mesdames, est cette célèbre épouse de Putifar, femme trop sensible, qui ne fut pas payée de retour par le vertueux Joseph... Maintenant nous allons procéder à l'ouverture des cercueils.

— Dépêche-toi donc, Robert; j'ai

fait trois montres, six foulards et quatre bourses.

— Messieurs, permettez que je passe dans la pièce voisine, afin de préparer mes instrumens. Je reviens dans un instant... Attendez-moi sous l'orme!

ROBERT MACAIRE, AVOCAT.

PREMIÈRE VISITE.

— Voici le fait, j'ai une femme qui...

— Vous avez une femme? c'est bien.

— C'est qu'au contraire ce n'est pas bien, car il y a incompatibilité d'humeur, et je voudrais obtenir...

— Un moment, un moment! Vous voyez bien que vous m'expliquez votre affaire, et que je ne suis pas payé pour en prendre connaissance...

— Cependant, il faut bien que je vous dise...

— Non, impossible, je ne puis pas vous entendre, je me dois à ma clientelle, mon imposante, ma respectable, ma formidable clientelle.

— Il s'agit tout simplement...

— Il s'agit, il s'agit... (regardant sa pendule) Oh ! Dieu, comme l'heure s'écoule, je n'ai pas le temps...

— Ah ça, combien me demandez-vous pour prendre connaissance de mon affaire ?

— Cinq cents francs ou vingt-cinq napoléons, un simple billet de cinq cents francs.

— En ce cas, les voici, et vous allez m'écouter.

— Allez au fait promptement et sommairement. Vous voudriez obtenir une séparation : sévices, injures graves, adultère; ça foisonne, l'adultère; madame votre épouse vous a fait...

— Comme vous le dites?

— C'est entendu, je connais à présent votre affaire.

— Mais il y a des circonstances; le jeune homme, le...

— C'est entendu, vous viendrez me revoir le matin avant l'audience... Je suis très pressé, j'ai des procès par-dessus les yeux, et si vous m'en disiez davantage, je pourrais l'oublier.

— Pourtant, mes 500 fr.

— Adieu, mon cher M. Gogo, j'ai pris connaissance de votre affaire.

DEUXIÈME VISITE.

— Je viens vous entretenir de l'affaire dont vous avez pris connaissance, vous savez, cette séparation...

— Ah! vous êtes M. Gogo, pauvre cher ami, toujours maltraité par madame?

— C'est aujourd'hui qu'on appelle la cause.

— En ce cas, vous allez me donner deux mille francs pour la plaidoirie; c'est l'usage, et je ne saurais me refuser cette faible avance sans mécontenter mes confrères, et dans notre profession, il faut avoir des égards les uns pour les autres...

— Deux mille francs! Y songez-vous, monsieur Macaire?

— Eh ! oui, j'y songe, c'est pour rien, ce n'est peut-être pas 50 francs par parole; c'est pour rien au prix où sont les poumons... Il faudra que je tonne contre votre épouse, que j'épuise toutes les inflexions de ma voix pathétique..... Il faudra que..... Et les verres d'eau sucrée, le sirop de gomme, les maux de gorge, la vie qui s'écoule, ma santé compromise...

— Mais deux mille francs, c'est énorme !

— Et ne comptez-vous pour rien le malheur de me faire un ennemi de madame Gogo ?

— Je m'y suis bien résigné, moi.

— Ah ! vous, vous êtes son époux ; mais moi ?

— Il n'y aurait pas moyen de s'arranger pour mille francs.

— Vous ignorez donc ce que c'est qu'une séparation. D'abord, il faut s'enferrer dans l'enfer des référés, c'est si peu justicier; et puis c'est une cause fort ardue qu'un procès en séparation... Vous seriez effrayé du catalogue des auteurs qui ont écrit sur la matière... Je pourrais aussi n'en lire que la moitié, cela vous coûterait mille francs; mais, alors pour faire les choses en conscience, il faut les lire tous... Voyez si vous voulez que je les lise tous, tous sans exception.

— Eh bien! lisez-les; voilà les 2,000 francs.

— Je les lirai tous, monsieur Gogo.

— Avant l'audience.

— Oui, avant l'audience... Il est 10 heures 35; à 11 heures je serai au palais.

TROISIÈME VISITE.

— Me voici donc condamné aux frais et à la femme.

— Mais, monsieur Gogo, vous vous trompez; c'est madame Gogo qui est condamnée à rester avec vous ..

— Moi, qui avais tant de confiance en vous...

— En ai-je abusé?.. Puis-je répondre de l'effet des larmes sur un tribunal?

— Oui, vous êtes payé.

— Non pas, s'il vous plaît, je vous produirai mon mémoire; et puis, il y a les honoraires de l'avoué et le compte des débours que je vous ai épargnés en évitant de demander des remises à huitaines.

ROBERT MACAIRE, PROFESSEUR DE PHYSIQUE AMUSANTE.

— Jusqu'à ce moment, messieurs et dames, je ne vous ai fait voir que des tours d'écolier ; mais nous allons passer à quelque chose de plus digne des véritables amateurs de cette science.... Voyons, messieurs, qui me donne une montre, deux montres, trois montres, autant de montres qu'il se pourra... Des bourses, des bracelets, des tabatières... Donnez, donnez toujours; plus il y en aura, plus le tour sera drôle. Des bourses, maintenant... Ah! la bourse de monsieur le préfet... Elle contient?

—Vingt louis et quelque menue monnaie.

— Très bien... je la mets avec celle de monsieur le maire; j'y joints celle de monsieur le président... puis celle de monsieur le juge de paix... Bien!... bien!...encore...toujours...ne craignez pas que je m'embrouille; il y en aurait vingt fois plus, que cela ne m'embarrasserait pas le moins du monde... Mesdames et messieurs, un physicien vulgaire ferait semblant de mettre tout cela dans un mortier, et le jetterait dans la gibecière; veuillez remarquer que je n'opère pas ainsi, et que tout ce que vous avez bien voulu me confier est là, déposé sur cette petite table, recouverte d'un tapis vert. Maintenant, je prends de la main droite les quatre coins du tapis, je les réunis dans la main gauche, j'enlève le tout à ceinture; puis, j'ouvre la porte comme cela, et je deviens invisible.

Bertrand. Où cours-tu donc?

— Imbécile, ne vois-tu pas que le tour est fait?

ROBERT MACAIRE, ÉLECTEUR.

Robert Macaire et son ami Bertrand sont habillés à neuf. Ils sont arrivés dans le chef-lieu de l'arrondissement qui ne les a point vu naître ; on leur a donné une serénade et non point un charivari ; ils ont déjeuné à l'auberge de l'ESPÉRANCE, et tous deux, réjouis, réconfortés, ils s'avancent vers le lieu où sont rassemblés les électeurs pour procéder à l'élection d'un nouveau député, lorsque, fouillant dans sa poche, Robert Macaire s'écrie : j'ai perdu la carte!

Allons donc : tu te fais gouvernement, et tu dis que tu as perdu la carte!

— Dans l'exercice des honorables fonctions que je suis appelé à remplir, Bertrand, je n'aime point que l'on me fasse de mauvaises plaisanteries. A l'heure qu'il est, je suis peut-être le gouvernement, la majorité, toutes sortes de bêtises, si tu veux; mais je suis le roi de mon vote, et mon vote peut exercer un droit réel de souveraineté.

— Blague si tu veux, mais ne blague

pas si haut; on pourrait t'entendre...

— M'entendre! mais je ne parle que pour être entendu ; je proclame toujours très haut ce que j'ai à dire, et encore plus haut ce que je ne veux pas dire. Sache donc, homme qui n'est rien, pas même électeur, que je le suis, moi, et que, si je te fais entrer dans le collége électoral, c'est uniquement pour que tes habiles mains escamotent des bulletins fautifs et malencontreux. A ces causes, Bertrand, tu te placeras parmi les scrutateurs et à côté de M. le président ; ils sont tous de mes amis.

— Mais, tu ne les as jamais vu, Macaire ; tu ne sais pas leur nom.

— Je rougis de répondre à ta sotte question. J'y répondrai cependant pour ton instruction. Tu as proféré, Bertrand, la plus lourde bêtise qu'il soit possible d'imaginer. Je te parle d'amis politiques! entends-tu? Ce sont des amis que l'on aime, précisément parce qu'on ne les connaît pas, car si on les connaissait, l'exemple le prouve, il est probable qu'on ne les aimerait plus.

— Mais enfin, à qui donneras-tu ta voix?

— Je la donnerai selon ma conscience.. Je ne sais pas encore.

— Tiens, voilà du monde qui y va; entrons.

— Oui, entrons.

Ils sont entrés. Robert Macaire se dit: « Dans l'incertitude, il faut servir ceux de qui l'on a le plus à attendre. » Cela dit, il écrit quinze bulletins en faveur du candidat ministériel, il les jette dans l'urne; on procède au dépouillement; Bertrand est à son poste et joue son rôle. On procède au scrutin, et le candidat du ministère, qui est celui de Robert Macaire, est proclamé député.

ROBERT MACAIRE, PHILANTROPE.

— Il est juste, messieurs et dames, que je rende compte au comité de la quête que j'ai faite pour les pauvres : elle a produit vingt mille francs.

—Alors, c'est vingt mille francs qu'il faut verser dans leur caisse; rien n'est plus simple.

— Doucement, s'il vous plait; remarquez, je vous prie, que la question est complexe, c'est-à-dire, qu'à côté de la question philantropique, il y a la question financière. D'abord, je me demande ce que c'est qu'un philantrope, et je me réponds : un philanthrope étant, comme ce mot l'indique, un ami de l'homme, il doit aimer l'humanité tout entière sans aucune exception. Donc. puisqu'il fait partie de l'humanité, il ne lui est pas permis de s'exclure, il doit toujours joindre l'exemple au précepte, et ne jamais oublier cet admirable précepte de la sagesse: charité bien ordonnée commence par soi-même. Dès-lors, il est tout simple qu'en consacrant mon temps et mes soins aux pauvres, je prélève sur le produit de la quête mille écus pour mes frais de toilette, et autant pour la toilette de mon estimable épouse, madame de Robert Macaire, qui m'a parfaitement secondé dans cette circonstance.

Nous avons ensuite les frais de voiture... Vous me direz que nous n'avons pas pris de voiture, cela est vrai; mais il ne tenait qu'à nous d'en prendre une, même deux, avec cochers et laquais galonnés sur toutes les coutures, et au prix où es le galon, cela vaut bien encore six mille francs. Nous avons, après cela, les frais de médecin pour les rhumes de cerveau que nous aurions fort bien pu attraper en nous promenant sur le pavé; les tuiles qui auraient pu nous tomber sur la tête, les fluxions dont il n'était pas impossible que nous fussions atteints. Or, les médecins sont chers; les médecins en réputation, surtout, sont hors de prix; cela peut bien valoir dix mille francs. Je ne dois pas oublier non plus les nuits passées sans sommeil et les rêves désagréables dûs à la pensée permanente qui m'occupe à l'endroit du bien-être des malheureux; mais, pour ne pas exagérer les choses, nous ne porterons cela qu'à trois mille cinq cents francs. Enfin, nous avons les frais d'éloquence, les soupirs, les exclamations. J'ai tenu note de ces bagatelles, et cela s'élève à cinquante et un francs cinquante centimes; le tout réuni forme un total de vingt mille un francs cinquante centimes; c'est donc trente sous que les pauvres me redoivent; mais comme j'ai à cœur de prouver que, chez moi, la philanthropie n'est pas seulement un mot, je leur fais remise de cette somme.

ROBERT MACAIRE, DÉPUTÉ.

— Messieurs, l'honorable préopinant s'est élevé avec chaleur contre le vote des fonds secrets; il veut absolument que les hommes illustres qui sont aux affaires viennent nous dire à quoi ils emploient un pauvre misérable million et demi que l'on a le louable usage de leur confier sous cette dénomination. Mais, messieurs, ne voyez-vous pas que ce serait forcer les ministres à renoncer à toute espèce de modestie, ce vernis des belles et bonnes actions? Non, ces hommes intègres ne viendront pas proclamer à la tribune le bien qu'ils auront fait, le mal qu'ils auront empêché..... Cet argent, messieurs, est comme une manne céleste qu'ils ont l'habitude de répandre sur les malheureux. Ah! si vous saviez combien de larmes seront séchées par ce peu d'or, combien d'infortunés arrachés au désespoir! combien de plaies profondes seront cicatrisées... Ah! j'en pleure d'attendrissement...

— La chambre adopte.

— C'est bien heureux!... J'ai cru, le diable m'emporte, que ces melons là allaient m'enlever ma subvention! Dis-donc, Bertrand, nous recevrons encore des encouragemens littéraires pour embobiner l'éditeur; nous calomnierons, mon ami, nous démolirons des réputations, et nous serons des hommes sociaux par excellence. Ah! vous voulez que la France soit grande, forte et se fasse respecter au dehors; gare la guerre! gare la bombe! vive la paix! vivent les intérêts matériels! Intérêts sublimes! intérêts moraux s'il en fut jamais; car quand je suis bien repu, moi, je ne pense qu'à dormir; les fonds secrets, mon ami, c'est ce qui fait de nous autres industriels politiques et autres des gens de loisir.

— Ah! gredin de gredin, tu vois clair et tu les sais toutes.

ROBERT MACAIRE, MINISTRE.

— Mon cher, ce que vous demandez est impossible; la sécurité publique serait compromise par un pareil établissement; les intérêts du peuple seraient froissés, et ces intérêts sont une chose que les ministres ne doivent jamais sacrifier... Et puis la morale, mon cher !... et la loi qui le proscrit à jamais.

—C'est vrai, monseigneur; mais nous n'ouvrirons qu'une seule maison, et pour réparer à l'avance le mal dont vous parlez, nous vous prierons de vouloir bien appliquer à des œuvres de philanthropie cent mille francs que voici.

— Je comprends parfaitement... Eh bien ! faisons une cote mal taillée : vous doublerez les cent mille francs, et j'autoriserai deux maisons... Il faut bien faire quelque chose pour l'humanité... Par exemple, le prolétaire, le père de famille, l'honnête marchand, le commis, l'étudiant seront exclus, sévèrement exclus: qu'ils n'approchent pas de la roulette, du trente et un et du kreps ; qu'ils tirent des macarons, à la bonne heure... Surtout, prenez garde aux suicides, ce sont gens dangereux, ils peuvent vous dénoncer dans leur testament de mort, et la *Gazette des Tribunaux*, qui enregistre si soigneusement ces exemples des travers de notre siècle, pourrait, par sa publicité, vous attirer quelques disgrâces; accès fermé au suicide, impitoyablement fermé, entendez--vous.

— C'est entendu ; et deux cent mille francs pour la tolérance.

— Allez, et soyez en paix (se frottant les mains). Au fait, l'autre pêchait bien des centimes, des millions à la ligne... d'omnibus... Mais à propos, il faut que j'aille à la Chambre faire voter ma concession d'un chemin de fer... Dix millions à partager avec les banquiers ! Mon portefeuille peut m'échapper quand il voudra... j'aurai fait mon chemin, et d'ailleurs, le véritable portefeuille est celui qui contient des billets de banque... Il faut être riche pour secourir l'humanité.

ROBERT MACAIRE PERSÉCUTÉ.

Vous voyez devant vous, messieurs, un nouvel exemple de l'injustice des hommes. Oui, je suis méconnu, poursuivi, persécuté, et pourquoi, s'il vous plaît? Pour avoir devancé mon siècle. Eh bien! ingrats, puisque vous êtes les plus forts et que vous me proscrivez, comme deux fois vous avez proscrit votre empereur, je pars. Adieu, Paris! je pars!.

C'est-à-dire, je pars!... Un moment! pour voyager, il en coûte; je n'ai pas un sou vaillant; les vautours ont plumé la colombe. Dans cet état de choses, il est juste, il est rationnel que je reprenne mon bien où je le trouverai... Oui, mais où est-il, où le retrouver? il est partout, maudits chicaniers de la justice, il est dans vos maisons, dans vos caisses, dans vos poches, dans les valeurs portatives que le sort a déposées entre vos mains. Eh bien ! partageons. Quand je vous aurai repris à tous ce qui m'appartient par droit de naissance, je ne partirai pas, je ne me cacherai même plus, et j'acheterai de vous, hommes du siècle, le droit de rester parmi vous, et vous me saluerez, et vous me tendrez la main... A moi, Bertrand ! — Que me veux-tu?

— As-tu faim, Bertrand? — Une faim d'enragé. — Veux-tu dîner? — Belle demande! — Eh bien! ce brave homme que tu vois là lisant les affiches, il a notre dîner dans sa poche. — Mais les sergens de ville! — Je n'entends rien : ventre affamé n'a point d'oreilles. Allons, Bertrand, à l'œuvre.

C'était un notaire qui portait à sa maîtresse les dix derniers mille francs de la dot de sa femme, Le portefeuille qui les contenait devint le noyau de la belle fortune que Robert Macaire a faite dans ses derniers temps.

ROBERT MACAIRE, CRIEUR PUBLIC.

Et qu'est-ce que tu cries donc, Macaire? — Ce que je crie! c'est de l'an passé; un fonds de canards qu'on m'a cédé, il faut bien que je m'en défasse;

tu vas voir comme ils vont gober ça. — Il y a tant de gobes-mouches.

— Voilà c'qui vient de paraître ! c'est la grande ordonnance royale rendue par monseigneur le préfet de police, en faveur du peuple français ! concernant les chiens errans, les noyés et asphyxiés et autres créatures plus ou moins dangeureuses, pendant les chaleurs de la canicule. — Autres détails ! Arrestation d'un particulier très connu dans Paris, lequel a eu l'indélicatesse de jeter sa femme par la fenêtre d'un quatrième étage. Arrestation d'une bande de voleurs, qui poussaient l'abus de la chose jusqu'à se permettre de s'insinuer la main dans la poche des fonctionnaires publics, sous le prétexte que ces messieurs mettent journellement les leurs dans les nôtres ! (Il entend un autre crieur). Et quoiqu'y dit donc, celui-là ! arrestation en flagrant délit du nommé Bertrand.

— Cet imbécile de Bertrand qui s'est fait pincer ! j'en suis désespéré ! il faut que je prenne quelque chose pour me remettre.

Je crois, le diable m'emporte, que ce petit vin là a été inventé tout exprès pour faire avaler la douleur... Pauvre Bertrand ! à ta santé, mon vieux !.. Au fait, on n'est pas déjà si mal où il est. Encore un verre !... Voilà que je commence à envisager les choses sous un aspect plus favorable. Bertrand, mon garçon, bois du vin à douze, et tâche de te donner de l'air... Diable ! le broc est vide... et ma bourse aussi... Voilà la grande ordonnance !...

ROBERT MACAIRE, AFFICHEUR.

Je vais donc monter mes affaires sur une grande échelle... D'abord, je pose des affiches immenses, je couvre les édifices de zéros qui se verront d'une lieue, et pour qu'on ne me floue pas, je préside moi-même à l'étendage de ces nouvelles tapisseries. Et allez donc !

On ne fait bien ses affaires que par soi-même.

Je couvre cent maisons, trois cents maisons, tous les théâtres de Paris; mais j'ai soin de conserver des jours pour les portes et fenêtres; elles paient l'impôt; et d'ailleurs, l'air, c'est une jouissance. J'étale dans la longueur de dix croisées de front ces lignes éloquentes : Cinq cent millions de milliards de milliasses... En voulez-vous, des billards de Trillard? On vous en fera faire à la vapeur!...Dieu! que l'espèce humaine est une magnifique invention! Comme on lui en fait gober!... Il n'y aura bientôt plus assez de papier en France pour aligner les zéros monstres nécessaires à la blague financière. En attendant, déployons les richesses de l'industrie papetière... Mines d'or de Caratakula... capital social, un nombre incalculable de millions... Le capital se triple en six mois... C'est adorable, n'est-ce pas ? Eh bien ! mettez ça dans votre poche, et prenez garde de le perdre !

ROBET MACAIRE, ASSOMMEUR DE POLICE.

Ord... ordre public, me voici donc arrivé au nom de l'ordre public; jamais, au grand jamais, moi et les miens, nous n'avons joui d'autant de liberté que sous cet excellent régime de l'ordre public... *La rousse* (police), nous respecte, et nous sommes employés par elle; bien chaussés, bien coiffés, bien nippés, que nous manque-t-il? Et avec ça un gourdin pour l'ordre public, pour faire respecter la société, pour nous faire respecter dans toutes les positions possibles... J'envoie Bertrand en expédition; Bertrand est heureux; il ne s'amuse pas au mouchoir, il tient déjà une montre, deux montres, trois montres; à la quatrième on lui saisit la main; mais lui, pas si bête... il crie, *vive la république!* J'arrive avec ma brigade, nous tapons comme des sourds; en un clin-d'œil le pavé est jonché de factieux; nous fouillons ceux qui sont par terre, les autres sont empoignés, Bertrand est délivré, et nous crions : *vive la horde publique*! Charmant, charmant! et avec ça, pas soumis à la patente.

Estimable fonctionnaire ! je lui donne mon estime tout entière et sans restriction, moyennant les trois francs cinquante, le gourdin et la manière de s'en servir. On peut dire maintenant que le soin de veiller à la sûreté publique est entre bonnes mains !

ROBERT MACAIRE, PAILLASSE.

— Oui, messieurs, l'équilibre est le principe universel. C'est par la loi de l'équilibre que les forts soutiennent les faibles, que les riches prêtent aux pauvres ; c'est une des propriétés de l'équilibre de faire passer l'argent des poches d'un imbécile dans celles d'un homme d'esprit... Or, vous avez l'honneur de voir, en ce moment, travailler sous vos yeux le premier équilibriste de France et de Navarre, ainsi que de toutes les autres parties du monde, et autres lieux circonvoisins.

— Dites donc, monsieur l'équilibriste, on vient de me voler ma montre...

— Voyez avec quelle facilité cette chaise se tient sur mon menton... Donc si votre montre était dans mon gousset, elle n'en bougerait pas, je vous en donne ma parole d'honneur ! voilà précisément les avantages de la science que je professe... Qui est-ce qui vient de proférer le mot gendarme, dans l'honorable société?... Je vous préviens que je n'aime pas ces sortes de plaisanteries... Le gendarme étant un individu totalement anti-équilibriste. Parlez-moi des financiers, boursicotiers, chipotiers et autres gens habiles s'occupant de la transmutation des métaux.

— Ah diable ! on vient de m'enlever ma bourse; c'est aussi par trop fort !

— En effet, voici qui passe la plaisanterie... Mais cela ne se passera pas comme ça !... Messieurs, je lève la séance... C'est une mesure énergique que m'imposent les circonstances... et les chapeaux bordés que j'aperçois dans le lointain.

ROBERT MACAIRE, ESCAMOTEUR.

— Messieurs, voici une muscade qui me gêne, je l'avale ; en voici une autre qui me blesse, je la dévore ; cette troisième me contrarie, je l'envoie au Missisipi pour y fabriquer de la graine de moutarde blanche. Maintenant qu'il n'y a plus rien sous les gobelets, je prierai quelqu'un de l'honorable société de me confier une pièce de cinq francs... bien ; une autre, s'il vous plaît... très bien ; une troisième...une quatrième, une cinquième... très bien... excessivement bien... Messieurs, j'apprécie vos sentimens, et je veux qu'il y ait entre nous réciprocité de bons procédés : vous m'avez donné de l'argent, je vous rendrai de l'or.

— Ah Dieu ! l'habile physicien !

— Jeune homme, ces paroles me prouvent, d'une manière incombustible, que vous êtes un juste appréciateur du mérite... Auriez-vous par hasard une dent carriée? une mollaire qui s'allongerait d'une manière par trop inconsidérée, ou bien une œillère qui aurait la prétention de vous faire prendre des vessies pour des lanternes? Parlez, estimable étranger; nous avons de quoi vous satisfaire, et nous vous donnerons la poudre persanne pardessus le marché.

— Merci! je n'en use pas; je voulais dire seulement qu'il me serait agréable de devenir votre élève.

— Adopté à l'unanimité. Dix francs par leçon; c'est pour rien !

— Je ne dis pas le contraire; mais il y a un petit inconvénient, c'est que, pour le moment, je me trouve sous l'influence d'une éclipse totale de monnaie.

— Comment, drôle! tu oses te présenter devant moi dans l'état abjecte d'un homme privé de toute espèce de numéraire!... C'est un peu trop fort de racahout! Ah! tu viens insulter un physicien dans l'exercice légal de sa noble profession!... Je te mets la main sur le collet, et je te conduits chez le commissaire...

—Dites donc, monsieur le physicien, et nos pièces de cent sous?

— Messieurs, la métamorphose n'est pas encore accomplie; mais, à mon retour, vous en aurez de bonnes nouvelles.

ROBERT MACAIRE PHILOSOPHANT.

Monument gigantesque et hétéroclite, que fais-tu parmi nous? Est-ce pour te faire reverdir que l'on t'a planté en ce lieu? Dire que ce morceau de pierre nous a coûté quatre millions! Avec cela on eût pu achever des canaux et deux chemins de fer. Mais non, ils ont dit: voici quatre millions qui dorment, mettons une pierre à la place, et cela produira le même effet...Merci! j'aurais mieux aimé autre chose. Obélisque, je te méprise, je te regarde comme infiniment peu! Si j'avais quatre millions, ô obélisque! je serais dix fois plus grand que toi!

ROBERT MACAIRE, NÉGOCIANT EN VINS.

— Décidément, je me jette à corps perdu dans les liquides... d'autant plus volontiers que je puis me flatter de nager assez promptement entre deux eaux. Société en commandite... je ne sors pas de là... Société spiritueuse et pas du tout spirituelle ; des millions à volonté, des dividendes jouflus et méliflus ; un tas d'autres avantages inventés, créés, moulés, stéréotipés, politypés par le très illustre seigneur de Blaguinski... et pourquoi donc irai-je, comme Diogène, m'enfoncer dans mon tonneau, mon unique tonneau ; allons donc, des milliards de milliards de tonneaux, des caves im... menses, in...finies... et derrière moi, trente-deux millions de propriétaires des premières villes de Frrrrance, dont j'ai acheté la récolte pendant un quart, un véritable quart du véritable dix-neuvième siècle... Un juré dégustateur, composé des principaux gourmets des quatre-vingt-six départemens, et des plus savans chimistes de la capitale, offrira aux consommateurs la garantie contre tous mélanges, sophistications, frelattemens, baptêmes, etc., etc.; le tout sous les auspices et la surveillance des premiers docteurs de la faculté...En voilà-t-i une de banque? Qu'en penses-tu Bertrand ?

— Mais votre nom est un obstacle...

— Mon nom, il disparaîtra, je crois, sur tous les genres de caractères gigantesques, *vérité* et *sûreté : entrepôt hygiénique de vins*... Société en commandite...quarante-quatre millions, capital social... Mais, à propos, mon chimiste ne m'a pas apporté ce petit échantillon de Bordeaux, qu'il doit m'avoir fabriqué...

— Fabriqué !

— Et oui, fabriqué, Bertrand ; c'est un beau talent, que de savoir imiter la nature.

— Ah ! je comprends ; nous n'aurons

plus à craindre les hivers rigoureux, la lune rousse, la grêle, etc. — Grâce à mon entrepôt, on peut arracher toutes les vignes, je m'en moque ; la spécula-tion est délicieuse, elle coule de source.

ROBERT MACAIRE, BOULANGER.

Voyons un peu ce que je puis faire en faveur de mes contemporains, en exerçant l'état de boulanger. D'abord, Bertrand, je te fais *geindre*. En pétrissant la pâte, tes bras acquerront un embonpoint, une vigueur musculaire qui leur manque. — Mercï!

Quant à vous, messieurs, vous n'ignorez point que ce qu'il y a de plus funeste pour l'homme, c'est de trop manger. Partant de là, j'établis une boulangerie *humanitaire*, et comme vous vous laissez tous prendre aux apparences bien plus qu'au fond des choses, je vous conserverai vos illusions. Vous acheterez un pain de quatre livres dans ma maison; vous croirez, vous mettant quatre après, avoir mangé chacun une livre de pain, et vous bénirez le boulanger dont les produits sont si bien fabriqués, qu'ils ne chargent point l'estomac. Ce n'est pas tout : je rends un service signalé aux administrateurs chargés d'approvisionner la capitale. En donnant à mes pains trois livres de poids au lieu de quatre, si mes confrères, dont la plupart ne demandent pas mieux, suivent tous mon exemple, vous vous moquez des années de disette, vous narguez les mauvaises récoltes et nous vous économisons, chaque année, trois mois d'approvisionnement.

Voilà, messieurs, comment je comprends l'état de boulanger; voilà comment je l'applique à l'hygiène publique.

ROBERT MACAIRE, GARDE NATIONAL.

— Vois-tu, Bertrand, tu soutiendras mon élection, parce que, si je suis élu, c'est quelque chose que d'être capitaine, cela vous donne du relief et du crédit...

Avec ça que nous en avons joliment besoin...

—Tu leur diras : chers et estimables camarades, pourquoi ne nommerions-nous pas M. Robert Macaire?.. D'abord vous savez tous avec quelle exactitude il fait son service ; vous n'ignorez pas que personne au monde n'a plus empoigné que lui pendant les émeutes, qu'il empoigne tout, qu'il empoignera tout, et que le fond de sa morale est aussi bien, ce qui est bon à prendre est bon à garder, que ce qui est bon à garder est bon à prendre... Ensuite, M. Robert Macaire a une position sociale ; cinquante entreprises ministérielles sont sous sa direction, sans compter les projets qu'il roule dans sa tête... Nous pouvons tous avoir besoin de son crédit ou de sa personne ; mais je suppose que nous sommes ici la plupart gens de commerce ou d'affaires, et nous n'ignorons pas qu'il y a peu de parties dans lesquelles il n'y ait des hauts et des bas; ensuite vous avez pu voir combien il est bon camarade, ce brave Macaire; à qui d'entre vous n'a-t-il pas pris la main ?...Avec sa position sociale, n'être pas plus que cela! et il vous la prendra encore quand vous l'aurez mis à votre tête, et il vous la prendra toujours, et il ne fera pas comme cet autre qui vous prend tout, excepté ça...Vous savez encore, pour vous convaincre, qu'il représente à merveille! Quelle tenue! quelle aisance! quelle belle voix pour le commandement... c'est un capitaine parfait.

Après ta harangue, on passe au scrutin et je suis proclamé à l'unanimité; alors je me fais des relations, j'emprunte, j'achète, j'entreprends, mon uniforme ne me quitte plus, je vais au château, j'entre ; on me donne la croix ; j'obtiens des concessions, je te place, Bertrand, je fais mon chemin. . . Après ça, je deviens député, et si les électeurs me dégomment pour humilier la mauvaise presse, on me fait pair.

SONGE DE ROBERT MACAIRE.

Une pluie d'or me tombait des nues et je me disais : au fait, il faut finir par bien se faire une position. Un chapeau bosselé et percé comme un vieux marabout, ce n'est pas une position ; un emplâtre sur l'œil, c'est une position peut-être; non, pas plus qu'un parapluie dont les baleines sont cassées et le taffetas crevé. Mais qu'est-ce donc qu'une position? Serait-ce par hasard un pantalon rouge, glorieux débris d'un héroïque fantassin qui a pris d'assaut Constantine? serait-ce un habit qui n'a plus qu'un pan et dont les poches sont percées? serait-ce un foulard criblé d'érailleurs? seraient-ce des guêtres sans boutons et de vieux souliers? ce n'est pas trop philosophe; serait-ce un gourdin recueilli, choisi, trié dans un cent de fagots des royales forêts, ou une tabatière de carton avec une figure d'Allemagne? Oh! c'est encore trop philsophe : fi donc! fi donc! fi! Une position, c'est pas la probité, c'est pas la science, c'est pas le travail; tout ça, rien; vieille méthode, anciens préjugés; c'est pas l'improbité non plus, c'est pas l'ignorance, c'est pas la paresse, car alors, moi j'aurais une position. Or, voici, à mon idée, ce qu'est une position : c'est la suite d'une intrigue ou d'une industrie exercée, en se glissant entre les articles d'un Code pénal. Eh bien! glissons-nous, et comme on dit : descendons gaîment le fleuve de la vie. Une position, c'est des breloques, ayons du chrysocale, et soyons éblouissans; c'est une magnifique chevelure parfaitement frisée, passons chez notre coiffeur; c'est un habit toujours à la dernière mode, cherchons un tailleur qui veuille nous faire crédit; c'est des gants glacés, beurre frais, très frais, tirons une catte au parfumeur ; c'est aussi la fine chaussure élégamment tournée, bottes à 50 francs, en avant mon bottier, je lui fais un billet; c'est un superbe chapeau, une cravate toujours bien mise, un tylbur[1] qu'on fait louer par son groum, un groum qu'on fait nourrir par le loueur de tilbury ; après cela viennent le talent, le savoir-faire, la mise en action de la capacité dans un appartement splendidement meublé aux frais d'un tapissier téméraire. C'est délicieux, une position, et je fais annoncer partout : Bitume factice, 50,000 mille millions à gagner ; mines de fromage de Gruyère, 500,000 mille millions à gagner; mines de rasoirs d'Angleterre, 5,000,000 mille millions à gagner ; truffes minérales artificielles, 50,000,000 mille millions 75 centimes à gagner; huile d'hannetion, 600,000,000 mille millions à gagner, etc., etc. Je fonde 25,000 sociétés anonymes, je vends vingt-cinq millions d'actions industrielles, et je deviens, parbleu, un grand seigneur, électeur éligible, quarante mille fois éligible, élu, sur-élu, réélu; qu'est-ce qui veut d'un député? En voilà-t-i des positions! sans compter que je suis philantrope. Dieu de Dieu! ne perdons pas de temps, filons notre nœud, et à la vapeur, sur un chemin de fer, de fer, laissez donc, d'acier, et encore fièrement poli et savonné pour aller plus vite.

ROBERT MACAIRE, SPÉCULATEUR.

— Mon ami, nous sommes parfaitement d'accord ; vous me demandez de l'argent, eh bien ! prenez des actions dans mon entreprise, et nourrissez-moi cela sans regarder à la taille.

— C'est sept cent soixante francs qu'il faut me donner.

— Précisément, voici une action de mille; rendez-moi deux cent quarante fr., et nous sommes quittes.

— Merci ! je sors d'en prendre ! Du papier, voyez-vous, ça n'est toujours que du papier.

— Justement, mon ami; tandis que votre pain n'est pas toujours du pain; le *cas* est bien différent; j'espère que vous sentez cela?

— Ça m'est égal; je vais mettre les huissiers à vos trousses.

— Prenez garde, cher ami, vous allez vous fourrer dans une affaire sale.

ROBERT MACAIRE COMMERÇANT.

— Si tu veux, Bertrand, nous élevons une maison de commerce ; capital social, un million cinq cent mille francs.

— Mais nous n'avons pas un sou !...

— Et si nous avions de l'argent,

imbécile, crois-tu que j'irais courir les chances de le perdre?... Je dis capital social un million cinq cent mille francs... représenté par... fais bien attention à cela... représenté par notre signature sociale; notre caisse sera toujours ouverte pour recevoir, et notre plume sera sans cesse en mouvement pour payer. Nous faisons des acquisitions immenses, et nous écoulons avec une rapidité prodigieuse, en vendant à vingt-cinq pour cent au-dessous du cours.

— C'est un singulier moyen pour réaliser des bénéfices !

— Bertrand, tu me fais l'effet d'être singulièrement arriéré sur le chapitre des opérations commerciales ! Suis bien mon raisonnement : nous achetons un objet cent francs, nous le vendons soixante-quinze; on nous paie et nous ne payons pas ; combien nous reste-t-il ? C'est une simple soustraction : qui de soixante-quinze paie zéro, reste soixante-quinze ; donc, en vendant à vingt-cinq pour cent au-dessous du cours, nous réalisons un bénéfice net de soixante-quinze pour cent : cela est clair comme le jour.

— Et tu crois que cela peut durer long-temps ?

— C'est ce qu'on ne peut prévoir : on doit, on ne paie pas, on est poursuivi, condamné, et c'est alors que le commerce se montre avec tous les avantages ; on a un actif, un passif, on jette tout cela sur le papier, on groupe des chiffres : *profits et pertes*, *créances à recouvrer*, *opérations entamées*, cela s'appelle un bilan. Or, au moyen d'un bilan, on prouve toujours que l'on possède plus qu'on ne doit; en conséquence on offre dix pour cent aux créanciers, on demande cinq ans pour payer, et l'on recommence jusqu'à ce que la prospérité toujours croissante des affaires rende nécessaire la confection d'un nouveau bilan.

— Mais c'est une mine d'or que tu as trouvée là.

— Oui, c'est quelque chose comme cela; il ne s'agit que de l'exploiter avec méthode, et c'est à quoi nous allons procéder.

ROBERT MACAIRE DUELLISTE.

— Monsieur Gogo, vous me faites l'effet d'être excessivement brave, je me plais à le croire; mais du moment que vous avez osé mettre un doute sur ma probité...

— Dam ! vous nous promettez monts

et merveilles, et en définitive, mes actions, mes coupons, talons, etc., sont cotés à quarante centimes le kilo....... c'est aussi par trop exaspérant!.....

—Faites-moi donc l'amitié de prendre l'un de ces joujoux au moyen desquels je veux vous donner une leçon.

— Ah ! si ce n'est que pour rire.....

— Rien que ça..... trois pouces de fer entre les côtes, deux mois de lit, et il n'en sera plus question.

— Mais, monsieur de Macaire, vous voulez donc m'assassiner ?

— Trois pouces de fer entre les côtes, ou des excuses, je ne sors pas de là.

—Mon Dieu ! que ne disiez-vous cela tout de suite !

— Vous me faites des excuses?

— Non ! je veux me battre.....

— Hain?..... vous voulez.....

— J'ai envie de me donner des soufflets pour me punir de vous avoir manqué.....

— Touchez là, monsieur Gogo ; vous êtes un brave.....

ROBERT MACAIRE DRESSANT SON BILAN.

— Ainsi, vous me demandez comment nous prouvons nos pertes? où sont nos créances à recouvrer?

— Sans doute; est-ce que tout cela

n'est pas nécessaire pour faire un bilan?

— Très nécessaire; mais aussi très facile à improviser. Par exemple, nous mettrons aux pertes : « Concurrence soutenue dans l'intérêt des fabricans français, 60,000 francs..... Disparition d'un employé chargé de valeurs pour la somme de 100,000 francs..... etc. » Aux recouvremens à faire, nous écrivons : « Doit, la maison Jeangina à Seringapatan, 50,000 francs..... Doit, Chou-Chau-Li, mandarin de première classe, à Pékin, 80,000 francs.....» Vous voyez que ça n'est pas difficile; j'en écrirai. comme cela pendant quarante-huit heures.

— Et tu penses que les syndics.....

— Mon cher Bertrand, le syndic est une marchandise comme une autre; il ne s'agit, pour ne pas avoir à s'en plaindre, que de savoir y mettre le prix;

j'achète donc les syndics, je les paie comptant, sans escompte; dès-lors c'est mon bien, c'est ma denrée, j'en fais ce que je veux, et personne n'a le droit d'y trouver à redire.

ROBERT MACAIRE EN VOYAGE.

Les voyages forment la jeunesse, et le génie ne vieillit pas; marchons !.....

Qu'on est heureux de trouver en voyage
Un bon souper, et surtout un bon lit !..

Or, on trouve cela le long du chemin,

soit que l'on se dirige vers le nord ou vers le midi, et, en voyage, on prend ce que l'on trouve ; donc je suis sûr de pouvoir prendre quelque chose..... Je crois que cela est excessivement logique ; il n'y a que le gendarme capable de ne pas comprendre la justesse de ce raisonnement... Le gendarme est la plaie sociale de notre époque. Je veux quelque jour faire un livre pour démontrer cette vérité.....En attendant, je vais à la première halte, me faire un passeport en règle..... Il leur faut des papiers à ces oiseaux de proie..... Eh bien ! mes poulets, je vous en ferai voir de toutes les grandeurs et de toutes les couleurs..... Un passeport, c'est très philantropique un passeport ! il recommande aux autorités de vous donner *protection et secours*. Quelle bêtise ! comme si cette sublime intelligence humaine, que la Providence m'a octroyée à un si haut degré, ne devait pas pourvoir à tout..... Allons donc, Macaire, sois plus confiant en toi-même. Ah ! mais dis donc, Bertrand, il me vient une idée : tu es d'une belle taille, tu es un garçon robuste, tu ferais un superbe militaire. En passant à Orléans, j'ai vu la demande d'un remplaçant au prix de 1,500 francs. Tu te vends, je touche la somme, tu touche ta paie, je fais des affaires, je deviens colossalement riche, j'épouse une femme millionnaire, et je t'achète ton congé..... Qu'en dis-tu? Tu hésites : la profession des armes est la plus honorable; tu es guerrier, je suis capitaliste, qui n'envierait notre sort ! Allons, Bertrand, un peu de cœur, mon ami.....

— Mais tu me donneras dix francs pour payer ma bien-venue.

Homme généreux! Pilade n'eût pas attendu moins d'Oreste.

ROBERT MACAIRE, HOMME DE LETTRES.

Que ce gueux de Robert Macaire est heureux d'avoir un nom !..... il sait jouer et vend tout ce qu'il veut; les théâtres s'arrachent les pièces qu'il signe, ses libraires, les pages qu'il met en circulation, et pourtant il sait à peine l'orthographe; mais il a de l'intrigue, beaucoup d'intrigue..... et puis il pratique la coulisse; il sait comment on triomphe de tous les obstacles, il cabotine, il éblouit, il se solennise et sait s'encanailler à propos..... Tout cela serait à merveille, si sa réputation ne lui servait pas à établir la tyrannie de son monopole; il ne fait rien, il n'écrit pas une seule idée, et c'est toujours lui que l'on voit sur l'affiche! Un nom, un nom! que c'est beau un nom! et surtout que c'est productif et sonore! Il est douloureux de n'en pas avoir un; mais cela viendra... Ma première pièce a parfaitement réussi; Robert Macaire m'a promis qu'au quatrième succès il permettrait que je sois nommé avec lui; en attendant, je suis admis au partage de la recette, et j'arrive, voilà le point essentiel! il arrive aussi; sans doute il aura passé à la caisse, et il m'apporte mon dividende..... Huit représentations, au moins dix-huit cents francs chaque fois. Oh ! pour le coup, je vais être en fonds, Dieu merci ! et l'on paiera chez moi à bureau ouvert..... (Pendant que l'auteur cause ainsi avec lui-même, Robert Macaire s'est approché.) Ah ! bon jour, mon cher Macaire, sois le bien-venu ; tu as sans doute des finances à me remettre?

— Comment dis-tu?

— Tu as touché pour moi?

— Touché? Délicieux jeune homme, modérez votre ardeur !

— Allons, vite, vite, de l'argent?

— Je vais donc te montrer le compte du caissier et le mien.

— Donne toujours, donne ; nous compterons après ; je suis pressé, et d'ailleurs, je m'en rapporte à toi.

— Vraiment !.... En ce cas, je te dois.....

— Combien me dois-tu?

— Je te dois montrer, article par article, où en sont nos petits intérêts ; écoute :

Il y a d'abord 14,400 francs de recette..... à 4 pour 100, 576 francs de droit d'auteur.....

L'Auteur. — 576 francs ! c'est charmant cela !

Macaire. — Ci 576.

Maintenant, nous avons eu quelques petites dépenses qu'on a acquittées à la caisse; en voici les détails :

Avoir payé à dîner à M. Furet, qui a parlé de nous au directeur 40

Avoir été faire un excellent déjeuner avec un membre du comité qui nous a reçus . 70

Avoir envoyé une mantille et un fort joli chapeau à Mlle**, qui ne voulait pas se charger du rôle principal, parce qu'elle prétendait qu'elle était trop faible. 150

L'AUTEUR. — Dis donc, dis donc; est-ce que tu moques de moi?..... Si tu lui as fait ce cadeau-là, c'est pour ton propre compte; arrange-toi... D'ailleurs, il paraît que tu as trouvé à t'en dédomager.

MACAIRE. — Pas de mauvaises plaisanteries, s'il vous plaît : j'ai donné cela à la petite, c'est dans notre intérêt commun, entendez-vous?....

Pour menus frais, tels que bols de punch, petits verres, demi-tasses avec les acteurs, après les répétitions 60

Avoir fait faire une perruque blonde au père noble à qui l'administration voulait absolument faire jouer un rôle de colonel avec une perruque de laine qui sert à tous les pères, depuis plus de trente ans. 34

Avoir donné à M. Claquefort, 100 fr. de pot-de-vin;... il dit que c'est l'usage, mais je crois que le coquin nous trompe 100

Avoir déjeûné avec les acteurs et actrices qui jouent dans notre pièce, le lendemain de la première représentation, et avoir vidé vingt bouteilles de Champagne. 198

Avoir payé au restaurateur deux tables de marbre et dix plats que Mlle*** a cassés à la suite du susdit déjeûner . . 59

Avoir envoyé, à la seconde représentation, vingt renforts à la bande de Claquefort, suivant le conseil d'un ancien, à raison de 2 fr. par homme. . 40

Pour récompense donnée aux choristes, qui ont chanté faux comme des jetons. 70

Avoir, à la troisième représentation, expédié dix rieurs et quelques amateurs chargés de découvrir quels étaient les confrères qui nous ont fait

siffler	30	
Enfin, pour billets donnés en trop, et que la direction fait généreusement payer au prix du bureau	157	75
175 réclames dans le *Tamtam* et l'*Égide* . . .	175	
Ainsi donc notre passif s'élève à.	1,003	75
Notre actif à.	576	
Nous redevons donc. . .	609	75

que le caissier nous prie très honnêtement de lui verser dans les vingt-quatre heures..... Mais cela ne te regarde pas, puisque tu es insolvable, je crois, et c'est moi, moi seul qui veux faire honneur à cet engagement..... J'ai couru les chances, il est juste que.....

— Mais, c'est incroyable !

— Je me charge de tout, te dis-je.

Ah! qu'il en coûte pour recueillir de la gloire..... Ah ça! dis-donc, tu es un garçon d'imagination, quand tu auras l'idée d'une autre pièce, tu m'en parleras..... Ne te décourage pas, au moins, la voie va s'ouvrir devant toi; et d'ailleurs je te paierai à dîner..... A ce soir, cinq heures, entends-tu, au café anglais.

ROBERT MACAIRE FUYANT SA PATRIE.

Le drame si agité de la vie est semé de bien des tribulations !

Naissez donc avec des facultés transcendantes, avec une intelligence supérieure au commun des mortels; mettez-les en œuvre sous la foi des mœurs sociales et de la marche des affaires ; au bout du compte, que vous en reviendra-t-il ?..... la police correctionnelle et l'exil. Maudit tribunal ! Vraiment le génie n'est pas compris dans ce siècle de moutarde blanche..... Moi, jeune infortuné, cinquante-quatre ans à peine, victime d'une erreur juridique, sevré de mon présent et de mon avoir, isolé de mon passif, comme une avalanche sur la terre étrangère, sans actif ni passif, sans livres de caisse, sans prospectus ; amorti pendant 5 ans, réduit à attendre, pour tout bénéfice, le bénéfice de la prescription. Mettez donc ça dans votre poche ; exporté comme une marchandise dans les villes trop pratiquées de la Belgique ou de la Hollande ! Ingrate patrie, moi qui m'épuisais à te trouver des ressources, à millionner tes capitaux, à faire fleurir ta bourse, contempler tes produits souterrains, à enrichir tes mines..... Décidément ils ne m'ont pas compris, ou quelque mystère qui n'est pas encore dévoilé...c'est cela...un mystère affreux! Je suis un des martyrs de l'industrie; l'envie, la crédulité, ont attiré sur moi les foudres judiciaires. Mais le temps approche où l'on pourra dévoiler le secret de cette horrible trame..... En attendant, je vais écrire à mon ami le journaliste, qu'il m'expédie des fonds s'il ne veut pas que je prouve qu'il aurait dû partager mon infortune..... j'ai tous les documens entre les mains; il doit me secourir s'il veut que je garde le silence; bien plus, il doit me réhabiliter, il me réhabilitera, je connais son cœur..... le ciel n'est pas plus pur.... Mais, en ce moment, il est occupé des élections; n'importe, on a toujours quelques lignes au service de l'amitié. Voltaire a défendu Calas, Calas était mort, moi je suis vivant, la tâche est certainement plus facile. Ainsi il n'hésitera pas; et puis on s'honore par ces héroïques témoignages d'un courageux attachement..... O patrie! patrie! je te reverrai, je reviendrai encore une fois me jeter dans tes bras, plein de prospectus, de programmes, de projets, d'idées philantrhopiques et autres; mais, que le pain de l'étranger est dur! tâchons de manger quelque chose avec.

ROBERT MACAIRE A LA POLICE CORRECTIONNELLE.

— Oui, messieurs, je ne crains pas de le dire, c'est le côté moral de la question qu'il faut examiner. Que me reproche-t-on, en effet? Que reproche-t-on à mon honorable ami Bertrand, à mon estimable associé Vormspire?..... On ose nous imputer à crime d'avoir fait de grands, d'immenses, de ravissans, d'étourdissans, de renversans prospectus.....

— Vous avez, dit l'accusation, vous avez annoncé la découverte de mines d'or là où l'on n'a trouvé que du sable; vos prétendues mines de houilles n'ont jamais produit un litre de charbon! votre grande découverte pour l'éducation des carpes, n'a produit que de l'eau claire, etc., etc., etc. Ne voyez-vous pas, messieurs, que ces divers argumens se rétorquent d'eux-mêmes? — Nos mines de houille n'avaient rien produit, donc elles étaient vierges, donc elles devaient produire immensément. Sommes-nous des charlatans capables d'offrir à nos actionnaires des mines épuisées?....

Nos mines d'or ont été également calomniées ; elles produiront de l'or, je vous en donne ma parole d'honneur !.....

— *M. Gogo.* Possible ; mais ce ne sera pas pour les actionnaires.

— Monsieur, ce que vous dites là n'est pas parlementaire, j'oserai même avancer que cela est tout à fait anti-constitutionnel.....c'est-à-dire contraire à la constitution de la société, dont j'ai l'honneur d'être le gérant. Quant à l'éducation des carpes, peut-être ai-je erré, messieurs ; mais, vous le savez, l'erreur est le partage de l'homme, et je n'ai pas dit que je fusse un Dieu, dans ce prospectus qui fait l'objet de la plainte. Hélas ! non ! je puis bien être un grand citoyen, un homme illustre ; je permets que l'on me fasse député, pair de France, que l'on attache la croix d'honneur à ma boutonnière ; mais je ne consentirai jamais à être autre chose qu'un simple mortel..... C'est pourquoi je prie le tribunal de vouloir bien prendre en considération ma demande reconventionnelle, et condamner la partie civile à dix-sept millions cinquante mille huit cent soixante-quinze francs cinquante cent. de dommages-intérêts.

ROBERT MACAIRE, VOLEUR.

— Bertrand, mon ami, la monnaie devient rare, les toiles se touchent, et la crise financière me paraît infiniment trop prolongée : qu'allons-nous faire ?

— Dam ! je sais servir à table, panser un cheval.....

— Fi ! quelle bassesse de sentimens ! Bertrand, vous me faites de la peine, ma parole d'honneur ? Tu sens bien, mon cher, que je ne puis pas être l'ami d'un laquais ; pourquoi n'abandonnerais-tu pas cette profession abjecte ? Pourquoi ne serais tu pas riche?

—Robert, je te jure que je ne demande pas mieux.

— Si tu le veux, nous deviendrons riches, et nous mènerons joyeuse vie; je me charge de tout, et je ne mets à notre association qu'une seule condition, c'est que tu m'obéiras aveuglément.

— Je te le promets.

— Tu me le jures?

— Devant Dieu et devant les hommes!

— Alors, mets toi en faction à cette porte..... Maintenant, Wormspire, il s'agit de faire chanter le rossignol.

— Tu vas forcer les serrures ?

— Quelle bassesse de langage ! Nous allons, mon cher ami, faire de l'équilibre en grand, mettre en pratique les principes de la saine philosophie..... Le coffre-fort est bien garni; mais je suis philosophe et je me contenterai de moitié.

— Quoi ! nous laisserions.....

— La moitié de la chose; c'est-à-dire que nous prenons l'argent et que nous laissons le coffre..... Les principes avant tout ! je ne sors pas de là.

ROBERT MACAIRE AUX GALÈRES.

— Bertrand, tu n'entends rien à la philosophie; qu'importent les chaînes qui nous étreignent le corps, quand l'esprit est libre!

— Tu es encore d'une bonne pâte, toi! Et les coups de canne du garde chiourme?

— Toujours pour les coups..... Moi,

je ne vis que par l'esprit.....donne moi du tabac.

— Pour ton esprit?

— Pour mon nez, imbécile!

— Est-ce que les plaisirs de l'esprit se perçoivent par le nez?.....

— Bertrand, ce sont là des questions insidieuses et tout à fait anti-parlementaires, comme nous disions à la chambre..... Quand je retournerai là......

— Il fera chaud, n'est-ce pas?

—Tais-toi donc, nigaud : le royaume des cieux appartient aux imbéciles, et les biens de ce monde aux gens d'esprit; tu vois donc bien que je ne puis pas rester où je suis.

ROBERT MACAIRE PENDU.

— Prenez donc garde, monsieur le bourreau, vous me comprimez l'artère carrotide..... Il me semble que le degré de civilisation auquel nous sommes arrivés.....

— Mon cher ami, votre métier, pour le moment, est d'être pendu; laissez-vous donc faire de bonne grâce.

— Monsieur, monsieur, je crois que j'ai oublié de me confesser.

— Eh bien ! faites un acte de contrition.

— L'imbécile ! il ne manquerait que cela pour achever de me déshonorer !

MÉMOIRES OUTRE TOMBE.

—

CHAPITRE PREMIER.

Persécuté par la justice, dégoûté de mes créanciers, fatigué de la clairvoyance humaine et de la rareté des dupes, vu l'abondance des fripons, depuis que tout le monde s'en mêle, embêté au point de monter même ma garde avec indifférence, consterné par la chute de mes plus belles entreprises et par l'ingratitude des actionnaires, j'ai voulu m'éclipser de cette société, assez absurde pour ne pas comprendre toujours que la vie est un crédit sans terme, et qu'en tout, il n'y a rien de plus rare que l'argent comptant, de plus étroit que la réalité, de plus vaste que l'illusion !... Un pauvre diable, frappé d'un coup de sang, meurt sur le pavé de la grande ville; on le porte à la morgue; je passe en ce moment; je le vois, c'était ma ressemblance parfaite. Alors il me vient une idée; j'entre au bureau de l'entrepôt mortuaire pour le cadavre de hasard, j'acquitte le droit, et je dis au gardien :

— Envoyez monsieur, qui est mon frère, rue du Mont-Blanc, n° 34.

— Et quel est le nom de monsieur? demanda le concierge.

— M. Robert Macaire, répondis-je.

— Suffit, observa le gardien. Robert-Macaire! on ne connaît que ça! Cré coquin, en a-t-il une famille, celui-là; si tous ceux qui en sont vont à son enterrement, ça fera un fameux convoi; il y aura au moins les trois-quarts de Paris, sans compter la banlieue, les départemens et l'étranger.

Je me rendis de là aux pompes funèbres, et je commandai un convoi de première classe, avec tout le bataclan, pour défunt M. Robert Macaire. — Comment, il est mort, ce cher M. Robert Macaire! s'écria l'entrepreneur de funérailles; vous m'étonnez; mais la bourse va prendre le deuil; mais la banque va se couvrir de noir; mais tous nos docteurs qui s'affichent vont mettre un crêpe à leur chapeau; mais tous nos agens d'affaires vont donner une larme à leur confrère; mais deux journaux au moins vont s'entourer de bandes lugubres: quelle tristesse pour la bonne presse!

Je fus vivement touché de tout ce que disait-là M. l'entrepreneur, et je sortis de chez lui très ému, on ne peut pas plus ému. Que de regrets tu laisses après toi, illustre Robert Macaire! J'en pleurai presque.

Robert Macaire ne peut avoir été un homme sans religion, c'est même un excellent catholique, murmurai-je à part moi ; il faut donc qu'il soit inhumé en terre sainte. J'allai en conséquence à la fabrique de ma paroisse, et je trouvai là à qui parler... Luminaire immense, tentures à perte de vue, chapelle ardente, lacrymatoire, prières, chantres, enfans de chœur et prêtres ; je traitai pour le tout magnifiquement, largement, splendidement avec l'homme en surplis.

Eh ! quoi, me dit le pieux marchand d'eau bénite, et de cérémonies, nous avons perdu le célébrissime Robert Macaire ! Ah, mon Dieu ! que m'annoncez-vous là ? Depuis le décès de feu M. de Talleyrand, de glorieuse mémoire, il n'y a pas eu de plus grande catastrophe sur ce globe. Mais c'est égal, la race des Robert Macaire ne périra pas, et en dépit des Jansénistes, il y aura toujours des Jésuites. Nous lui chanterons donc un *Obit* à votre décédé ; nous lui dirons un *requiem* avec accompagnement, nous entonnerons enfin pour lui tout ce que vous voudrez ; nous le mettrons dans notre paradis, si vous l'exigez, et par dessus le marché, pour peu que vous en ayez le désir, la chaire de vérité retentira de son oraison funèbre.

— C'est cela, une oraison funèbre, mon vieux ; de l'éloquence à la Bossuet, qui fasse donner tous les assistans dans la bosse des vertus du cher homme ; des bourdes à la Bourdaloue, quelque chose d'un peu propre, d'onctueux et surtout de dythirambique; dythirambique *in excelsis*.

Je m'éloignai de la sacristie, et me transportai à l'état-major pour obtenir que l'on rendît à mon Sosie les honneurs militaires; car alors j'étais dans la garde nationale à cheval, sur un que j'avais promis de payer, et je devais à la bienveillance de mon très cher et intime camarade, le duc d'Otrante, une de ces myriades de croix dont il est tombé de si fréquentes averses depuis 1830.

— M. Robert Macaire est mort! me dit le secrétaire du quartier-général de l'armée civique. Jour de Dieu! quelle calamité! Lui qui était si bien sous le chapska, qui faisait tant d'esbrouffe avec son grand sabre, qui était si brillant, si renommé, et qui a figuré avec un si pyramidal succès dans toutes les charges; pas possible, il n'aurait pas fait la bêtise de se laisser mourir.

— Il l'a faite, monsieur, lui répliquai-je, que trop faite, et je viens vous demander un peloton, un tout petit peloton, si petit que vous le jugerez à propos, pour faire une décharge sur sa tombe.

— Accordé le peloton! miséricorde! ce que c'est que de nous. M. Robert Macaire, à la face prospère et rubiconde, M. Robert Macaire enlevé à la fleur de ses ans, dans l'âge des honneurs, des cordons, des dignités, et de cette maturité psycologique qui assure le triomphe de la raison sur les passions humaines, qui élève le moral au-dessus du physique autant que le bon Dieu peut être au-dessus de Saint-Crépin, et Robert Macaire au-dessus de Bertrand. O instabilité de la fortune; il n'est plus, plus qu'un cadavre à présent. Comptez donc sur quelque chose ici-bas.

— Je partis enchanté de cette philosophie et de ces doléances, et je courus commander le monument à ériger au grand homme, en attendant son apothéose et la translation de ses restes au Panthéon; puis quand je fus convenu du prix du marbre de Paros, je passai chez un homme de lettres, qui me fit en style lapidaire l'épitaphe suivante :

Ici repose :

LE PLUS INFATIGABLE ARTISAN DU PROGRÈS ;
IL FUT DANS LES BITUMES
ET
DANS LA GARDE NATIONALE,
DANS LA CHAMBRE DES DÉPUTÉS
ET
DANS LES CHEMINS DE FER,
DANS LES HOUILLES
ET
DANS LA MOUTARDE BLANCHE,
DANS LE JOURNALISME
ET DANS
LES VESPASIENNES
DANS LES REMEDES SECRÈTS,

ET
DANS LES CERCUEILS A BON MARCHÉ,
DANS LE BILLON MONACO
ET
DANS LES LOCOMOTIVES,
DANS LE CAHOUTCHOU
ET
DANS LE RACAOU,
DANS LES BOUDJOUX
ET
DANS LA GRAINE DE CHOUX
A CENT SOUS ;
DANS DANS...

Si vous désirez connaître le reste, allez au Père Lachaise, vous y verrez que je fus honnête homme, industriel intelligent bon citoyen, bon fils, bon mari, bon père, négociant parfait, représentant incorruptible. Quoique suspendu de mes fonctions de français et d'enfant légitime par des envieux qui ne sont pas si fiers que moi de regarder la colonne, contre laquelle je ne pissai jamais, mais que je pissai quelquefois; vous y verrez, car le souffle de mon esprit s'est incarné en plus d'une existence individuelle, vous y verrez, dis-je, que je fus savant publiciste, médecin charitable, et philantrope au point de rembourser les frais de voyage aux malades qui venaient de 100 lieues me demander des consultations gratuites, vous y verrez qu'il n'est économiste forcené à qui je n'aie été capable de damer le pion; vous y verrez que je fus aussi une victime de l'injustice, de l'ingratitude, de la perversité contemporaine, et des préjugés de mon siècle.... Mon nom a été stigmatisé en police correctionnelle ; et, à l'Institut, j'ai manqué de deux voix le prix Monthyon. La postérité me doit une réparation éclatante, je l'obtiendrai.... Jusque-là, je ferai le mort; mais à l'exemple d'une de nos plus grandes notabilités politiques et littéraires de notre époque, je veux aussi publier des mémoires *outre-tombe*, afin qu'on s'entretienne encore de moi, et pour donner de temps à autre de mes nouvelles à cette classe nombreuse et intéressante de jeunes adeptes qui veulent bien m'honorer comme leur maître, et me traiter en chef d'école.

P. S. J'allais oublier de dire qu'ayant lu un tout petit livre intitulé *Antropotaxidermie, ou l'art d'empailler les hommes*, et ayant le très légitime amour-propre de croire que je suis vraiment du nombre des mortels qui méritent d'être empaillés, j'ai fait empailler mon sosie... je ne sais ce qu'il adviendra de mon individu réel, de ce moi, qui est bien moi, quand il n'aura plus de moi pour l'animer... Mais peu m'importe, j'ai pour l'éternité mon représentant parmi les morts; l'orgueil est satisfait en même temps que ma tranquillité est assurée... Que je vive seulement jusqu'à la fin de mes jours, voilà tout ce que je demande...

Après cela, qu'on m'antropotaxidermise ou qu'on ne m'antropotaxidermise pas, qu'on m'empaille ou qu'on ne m'empaille pas, qu'on m'embaume, ou qu'on ne m'embaume pas, qu'on me momifie ou non, qu'on me ganalise ou non, qu'on me galvanise ou non, qu'on me transforme en bougie diaphane ou en noir animal, je m'en bats l'œil avec lequel

J'ai l'honneur, cher lecteur, d'être avec une parfaite considération,

Votre très-humble et très obéissant serviteur,

ROBERT MACAIRE,

Électeur éligible, naguère député, pouvant encore l'être...

FIN.

BIBLIOTHÈQUE ROYALE

www.ingramcontent.com/pod-product-compliance
Ingram Content Group UK Ltd.
Pitfield, Milton Keynes, MK11 3LW, UK
UKHW031906260826
14628UKWH00003B/1027

9 782329 136004